THE
METROPOLITAN
MUSEUM
OF ART

GUIDE

KB074343

일러두기

· 본 책자는 웅진지식하우스에서 발간한 단행본 『나는 메트로폴리탄 미술관의 경비
  원입니다』의 별책부록으로, 도서에 언급된 작품의 고해상도 이미지를 볼 수 있는
  QR코드가 수록되어 있습니다. 별도로 소장처를 명시하지 않은 모든 작품의 QR코
  드는 메트로폴리탄 미술관의 홈페이지(metmuseum.org)로 연결됩니다.

· 각 작품 정보에는 작품의 [한글 제목/영문 제목/작업 시기/작가명/작가 국적]을 기
  재하였으며, 맨 아래에 적힌 숫자(예를 들어 29.100.6)는 메트로폴리탄 미술관의
  고유 취득 번호입니다.

· 개인 소장품이거나 저작권 등으로 인해 메트로폴리탄을 비롯한 주요 미술관 홈페
  이지에도 이미지가 등록되지 않은 몇몇 작품이 있습니다. 이러한 작품들은 QR코
  드를 통해 작품 정보는 확인할 수 있으나 이미지는 볼 수 없음을 알립니다.

1장
가장 아름다운 곳에서
가장 단순한 일을 하는 사람

톨레도 풍경(p. 20)

View of Toledo 1599-1600년경

엘 그레코 | 스페인, 그리스 출신

29.100.6

성좌에 앉은 성모자와 성인들(p. 20)

Madonna and Child Enthroned with Saints 1504년경

라파엘로 산치오 | 이탈리아

16.30ab

성모와 성자(p. 27)

Madonna and Child 1290-1300년경

두초 디 부오닌세냐 | 이탈리아

2004.442

14세의 어린 무용수(p. 29)

The Little Fourteen-Year-Old Dancer 1922(주조)

에드가 드가 | 프랑스

29.100.370

부상당한 전사의 대리석 조각상(p. 31)

Marble Statue of a Wounded Warrior 138-181년경

로마, 기원전 460-450년경 그리스 청동상 모사

25.116

마스타바 양식의 페르넵의 무덤(p.31)

Mastaba Tomb of Perneb 기원전 2381-2323년경

이집트, 고왕국 시기

13.183.3

마리우스의 승리(p.31)

The Triumph of Marius 1729

조반니 바티스타 티에폴로 | 이탈리아

65.183.1

비스 기둥(p.35)

Bis Pole 1960년경

파닙다스 아스마트족 | 인도네시아

1978.412.1250

곡물 수확(p.35)

The Harvesters 1565년경

피터르 브뤼헐 더 아우더 | 네덜란드

19.164

2장

완벽한 고요가
건네는 위로

성모와 성자(p. 43)
Madonna and Child 1230년대(추정)

베를린기에로 | 이탈리아

60.173

건축가 티부르치오 페레즈 이 쿠에르보(p. 44)
Tiburcio Perez y Cuervo, the Architect 1820년

프란시스코 데 고야 이 루시엔테스 | 스페인

30.95.242

스페인 왕녀 마리아 테레사(p. 45)

Maria Teresa, Infanta of Spain 1651-1654년경

디에고 로드리게스 데 실바 이 벨라스케스 | 스페인

49.7.43

젊은 여성 – 습작(p. 47)

Study of a Young Woman 1665-1667년경

요하네스 페르메이르 | 네덜란드

1979.396.1

잠든 하녀(p. 47)

A Maid Asleep 1656-1657년경

요하네스 페르메이르 | 네덜란드

14.40.611

비너스와 아도니스(p. 50)

Venus and Adonis 1550년경

티치아노 베첼리오 | 이탈리아

49.7.16

남자의 초상(p. 50)

Portrait of a Man 1515년경

티치아노 베첼리오 | 이탈리아

14.40.640

십자가에 못 박힌 예수(p. 55)

The Crucifixion 1325-1330년경

베르나르도 다디 | 이탈리아

1999.532

3장
위대한 그림은
거대한 바위처럼 보일때가 있다

검은 방울새의 성모(p.69)
Madonna of the Goldfinch 1506년대

라파엘로 산치오 | 이탈리아

우피치 미술관, 피렌체

다이애나(p.71)
Diana 1892-1893년경

오거스터스 세인트고든스 | 미국, 아일랜드 출신

필라델피아 미술관

28.101(메트에는 축소판이 소장되어 있다)

예수의 탄생과 경배(p.71)

Nativity and Adoration of Christ 1290-1300년경

이탈리아

필라델피아 미술관

무덤의 예수와 성모(p.73)

Christ in the Tomb and the Virgin 1377년경

니콜로 디 피에트로 제리니 | 이탈리아

필라델피아 미술관

4장

사치스러운
초연함으로

물의 신(찰치우틀리쿠에)(p.87)

Water Deity(Chalchiuhtlicue) 15-16세기 초

아즈텍

00.5.72

사과 접시가 있는 정물(p.87)

Dish of Apples 1876-1877년경

폴 세잔 | 프랑스

1997.60.1

사르디스 아르테미스 신전의 대리석 기둥(p.87)
Marble Column from the Temple of Artemis at Sardis

기원전 300년경

그리스

26.59.1

마스타바 양식의 페르네브의 무덤(p.88)
Mastaba Tomb of Pernebr 기원전 2381-2323년경

이집트, 고왕국 시기

13.183.3

엎드린 사자상(p.90)
Recumbent Lion 기원전 2575-2450년경

이집트, 고왕국 시기

2000.485

양면 석기 혹은 손도끼(p.90)

Biface, or Hand Ax 기원전 30만–9만 년경

이집트, 전기 구석기

06.322.4

손잡이 없는 촉(p.90)

Hollow-Base Projectile Point 기원전 6900-3900년경

이집트, 신석기

26.10.68

노 젓는 여객선 모형 – 메케트레 무덤 출토(p.92)

Model of a Traveling Boat being Rowed from the Tomb of Meketre

기원전 1981-1975년경

이집트, 중왕국 시기

20.3.1

제빵소와 양조장 모형 – 메케트레 무덤 출토(p.93)
Model of a Bakery and Brewery from the Tomb of Meketre

기원전 1981-1975년경

이집트, 중왕국 시기

20.3.12

현관과 정원 모형 – 메케트레 무덤 출토(p.93)
Model of a Porch and Garden from the Tomb of Meketre

기원전 1981-1975년경

이집트, 중왕국 시기

20.3.13

비서들이 있는 곡물 창고 모형 – 메케트레 무덤 출토(p.93)
Model of a Granary with Scribes from the Tomb of Meketre

기원전 1981-1975년경

이집트, 중왕국 시기

20.3.11

핫셉수트 좌상(p.102)

Seated Statue of Hatshepsut 기원전 1479-1458년경

이집트, 신왕국 시기

29.3.2

무릎을 꿇은 핫셉수트 대형 조각상(p.102)

Large Kneeling Statue of Hatshepsut 기원전 1479-1458년경

이집트, 신왕국 시기

29.3.1

헤즈푸의 아들, 우호테프의 미라(p.106)

Mummy of Ukhhotep, son of Hedjpu 기원전 1981-1802년경

이집트, 중왕국 시기

12.182.132c

네프티스의 장기 보관용 항아리(p.106)

Canopic Jar of Nephthys 기원전 1981-1802년경

이집트, 중왕국 시기

11.150.17b

덴두르 신전(p.107)

The Temple of Dendur 기원전 10년경

이집트, 로마 시기

68.154

5장
입자 하나하나가 의미를 갖는
드문 순간

애스터 차이니즈 가든 코트(p. 115)

The Astor Chinese Garden Court 1981년(축조),

17세기 양식 | 중국

전시실 217

수색평원도(p. 116)

Old Trees, Level Distance 1080년경

곽희 | 중국

1981.276

수련과 다리가 있는 연못 (p.121)

Bridge over a Pond of Water Lilies 1899년경

클로드 모네 | 프랑스

29.100.113

건초 더미 (눈과 해의 영향) (p.121)

Haystacks(Effect of Snow and Sun) 1891년경

클로드 모네 | 프랑스

29.100.109

여름의 베퇴유 (p.122)

Vetheuil in Summer 1880년경

클로드 모네 | 프랑스

51.30.3

왕대비의 펜던트식 가면(p. 128)

Queen Mother Pendant Mask 16세기

에도족 | 나이지리아

1978.412.323

은키시 주술상(p. 129)

Community Power Figure(Nkisi) 19-20세기

송예족 | 콩고 민주 공화국

1978.409

6장

예술가들도 메트에서는
길을 잃을 것이다

자화상, 나(p. 135)
Self-Portrait, "Yo" 1900년
파블로 피카소 | 스페인
1982.179.18

---

347 판화 시리즈(p. 135)
347 Suite 1968년
파블로 피카소 | 스페인
1985.1165.38

배우(p. 136)

The Actor 1904-1905년

파블로 피카소 | 스페인

52.175

하얀 옷을 입은 여인(p. 137)

Woman in White 1923년경

파블로 피카소 | 스페인

53.140.4

헤르메스의 대리석 두상(p. 138)

Marble Head from a Herm 기원전 5세기 후반(추정)

그리스

59.11.24

도난당한 키프로스 팔찌의 전기주물 복제본(p.140)

Electrotype Copy of a Stolen Cypriot Bracelet

기원전 6-5세기, 티파니사 복제

키프로스

74.51.3552

여신 네이트 소형 조각상(p.142)

Statuette of Neith 기원전 664-380년

이집트, 신왕국 시기

26.7.846

성 토마스(p.142)

Saint Thomas 1317-1319년경

시몬 마티니 공방 | 이탈리아

43.98.9

앤 엘리자베스 촘리, 후일 멀그레이브 부인(p.143)

Anne Elizabeth Cholmley, Later Lady Mulgrave 1788년경

게인즈버러 뒤퐁 | 영국

49.7.56

베퇴유 풍경(p.143)

View of Vetheuil 1880년

클로드 모네 | 프랑스

56.135.1

람세스 6세의 인장 반지(p.143)

Signet Ring of Ramesses VI 기원전 1143-1136년경

이집트, 신왕국 시기

26.7.768

할리퀸 역할의 무용수 (p.144)

Dancer in the Role of Harlequin 1920년(주조)

에드가 드가 | 프랑스

29.100.411

베네티족 또는 남네티족의 금화 (p.144)

Gold Coin of the Veneti or Namneti 기원전 2세기 중반

켈트족

17.191.120

파리시족의 금화 (p.144)

Gold Coin of the Parisii 기원전 2세기 후반

켈트족

17.191.121

아라베스크식 드방(p.144)

Arabesque Devant 1920년(주조)

에드가 드가 | 프랑스

29.100.385

장신구, 드레스 혹은 소매 고정 장치(p.144)

Ornaments, perhaps dress fasteners or sleeve fasteners

기원전 800년경

아일랜드

47.100.9와 47.100.10

몸을 숙인 아프로디테 대리석 조각상(p.149)

Marble Statue of a Crouching Aphrodite 1세기 혹은 2세기

로마, 기원전 3세기 그리스 조각상 모사

09.221.1

성모와 성자(p. 150)

Madonna and Child 1290-1300년경

두초 디 부오닌세냐 이탈리아

2004.442

안데스의 오지(p. 152)

Heart of the Andes 1859년

프레더릭 에드윈 처치 | 미국

09.95

강의 곡류 – 뇌우 후 매사추세츠주 노샘프턴의 홀리요크 산에서 바라본 풍경(p. 153)

View from Mount Holyoke, Northampton, Massachusetts, after a Thunderstorm–The Oxbow 1836년경

토머스 콜 | 미국

08.228

겨울, 센트럴 파크, 뉴욕(p.156)
Winter, Central Park, New York 1913-1914년

폴 스트랜드 | 미국

2005.100.117

플랫아이언(p.156)
The Flatiron 1904년

에드워드 J. 스타이컨 | 미국

33.43.39

오래된 뉴욕, 새로운 뉴욕(p.156)
Old and New New York 1910년

알프레드 스티글리츠 | 미국

58.577.2

조지아 오키프 – 손(p. 157)

Georgia O'Keeffe–Hands 1919년

알프레드 스티글리츠 | 미국

1997.61.18

조지아 오키프 – 발(p. 157)

Georgia O'Keeffe–Feet 1918년

알프레드 스티글리츠 | 미국

1997.61.55

조지아 오키프 – 몸통(p. 157)

Georgia O'Keeffe–Torso 1918년

알프레드 스티글리츠 | 미국

28.130.2

조지아 오키프 - 가슴(p. 157)
Georgia O'Keeffe–Breasts 1919년

알프레드 스티글리츠 | 미국

1997.61.23

조지아 오키프(p. 157)
Georgia O'Keeffe 1922년

알프레드 스티글리츠 | 미국

1997.61.66

조지아 오키프(p. 157)
Georgia O'Keeffe 1918년

알프레드 스티글리츠 | 미국

1997.61.25

조지아 오키프(p. 157)

Georgia O'Keeffe 1918년

알프레드 스티글리츠 | 미국

28.127.1

7장
우리가 아는
최선을 다해

랑곤의 노트르담 뒤 부르 성당(p.165)

Chapel from Notre-Dame-du-Bourg at Langon 1126년경

프랑스

34.115.1-.269

쿠사 수도원(p.166)

Cuxa Cloister 1130-1140년경

카탈루냐

25.120.398-.954

메로드 제단화(수태고지 세 폭 제단화)(p.168)

Merode Altarpiece(Annunciation Triptych) 1427-1432년경

로베르 캄팽 공방 | 네덜란드

56.70a-c

베리 세인트 에드먼즈 십자가(클로이스터스 십자가)(p.168)

Bury Saint Edmunds Cross(The Cloisters Cross) 1150-1160년경

영국

63.12

본퐁 회랑(p.168)

Bonnefont Cloister 13세기 후반-14세기

프랑스

25.120.531-.1052

곡물 수확(p. 170)

The Harvesters 1565년

피터르 브뤼헐 더 아우더 | 네덜란드

19.164

8장

푸른색 근무복 아래의
비밀스러운 자아들

미합중국 제2은행 건물의 정면(p.177)

Facade of the Second Branch Bank of the United States

1822-1824년경

마틴 유클리드 톰슨 | 미국

전시실 700

하트 하우스의 방(p.179)

Room from the Hart House 1680년

미국

36.127

전시실 709

개즈비스 호텔 연회장(알렉산드리아 무도회장)(p.181)

Ballroom from Gadsby's Tavern(the Alexandria Ballroom)

1792년

미국

선시실 719

조지 워싱턴(p.181)

George Washington 1795년경

길버트 스튜어트 | 미국

07.160

델라웨어강을 건너는 워싱턴(p.182)

Washington Crossing the Delaware 1851년

에마누엘 로이체 | 미국, 독일 출신

97.34

마호가니 사이드 체어(p. 182)

Mahogany Side Chair 1760-1790년

미국

32.57.4

생일인 것 – 50번(p. 195)

Birthday Thing Number 50 2015년

에밀리 르마키스 | 미국

작가 소장

9장
예술이 무엇을 드러내는지
이해하려고 할 때

쿠로스 대리석 조각상(p. 204)

Marble Statue of a Kouros(youth) 기원전 590-580년경

그리스

32.11.1

아킬레우스의 시신을 옮기는 아이아스가 그려진 목이 긴 테라코타 암포라(p. 207)

Terra-cotta Neck-Amphora, with Ajax Carrying the Body of Achilles 기원전 530년경

"런던 B 235" 화공(추정) | 그리스

26.60.20

메디치 아테나(아테나 대리석 두상)(p.211)

The Athena Medici(Marble Head of Athena) 138-192년경

페이디아스(원본)

로마, 기원전 430년경의 그리스 조각상 모사

2007.293

푸른 쿠란의 2절판 페이지(p.214)

Folio from the "Blue Quran" 850-950년경

튀니지

2004.88

휴대용 쿠란 필사본(p.214)

Portable Quran manuscript 17세기

이란 혹은 튀르키예

89.2.2156

우마르 아크타 쿠란의 2절판 페이지(p. 214)

Folio from the "Quran of 'Umar Aqta'" 1400년경

'우마르 아크타' 중앙아시아, 현재 우즈베키스탄

21.26.12

에미르 사이프 알 두냐 와일 딘 이븐 무함마드 알 마와르디의 향로(p. 214)

Incense Burner of Amir Saif al-Dunya wa'l-Din ibn Muhammad al-Mawardi 1181-1182년

자파 이븐 무함마드 이븐 알리 | 이란

51.56

체스 세트(p. 214)

Chess Set 12세기

이란

1971.193a-ff

미라지, 혹은 애마 부라크를 타고 승천하는 무함마드 (p. 215)

The Mi'raj, or The Night Flight of Muhammad on his Steed
Buraq 1525-1535년경

술탄 무함마드 누르 | 이란

1974.294.2

여닫이 덮개가 달린 투구 (p. 215)

Helmet with Aventail 15세기 후반–16세기

튀르키예, 튀르크 군대식 갑옷

50.87

미흐라브 (기도용 벽감) (p. 217)

Mihrab(Prayer Niche) 1354-1355년

이란

39.20

시모네티 양탄자(p. 221)

The Simonetti carpet 1500년경

이집트

1970.105

더비시의 초상화(p. 223)

Portrait of a Dervish 16세기

중앙아시아, 현재 우즈베키스탄(추정)

57.51.27

10장

애도의 끝을
애도해야 하는 날들

사비니 여인들의 납치 (p. 233)

The Abduction of the Sabine Women 1633-1634년경

니콜라 푸생 | 프랑스

46.160

델라웨어강을 건너는 워싱턴 (p. 240)

Washington Crossing the Delaware 1851년

에마누엘 로이체 | 미국, 독일 출신

97.34

실바누스 본 부인(p. 240)

Mrs. Sylvanus Bourne 1766년

존 싱글턴 코플리 | 미국

24.79

셰이커식 식탁(p. 242)

Shaker Dining Table 1800-1825년

미국

66.10.1

월넛 티 테이블(p. 242)

Walnut Tea Table 1740-1790년

미국

25.115.32

마호가니 작업대(p. 242)

Mahogany Worktable 1815-1820년

미국

65.156

장미목과 마호가니 카드 테이블(p. 242)

Rosewood and Mahogany Card Table 1825년경

던컨 파이프 공방(추정) | 미국

68.94.2

메이플 접이식 테이블(p. 242)

Maple Drop-leaf Table 1700-1730년

미국

10.125.673

메이플과 마호가니 상판 각도 조절 테이블(p. 242)

Maple and Mahogany Tilt-top Tea Table 1800년경

미국

10.125.159

새틴우드, 마호가니, 화이트 파인 콘솔 테이블(p. 242)

Satinwood, Mahogany, and White Pine Console Table 1815년경

미국

1970.126.1

옐로 파인과 오크 사다리꼴 다리 테이블(p. 242)

Yellow Pine and Oak Trestle Table 1640-1690년

미국

10.125.701

오크, 파인, 메이플 협탁(p.242)

Oak, Pine, and Maple Chamber Table 1650-1700년

미국

49.155.2

월넛, 튤립 포플러, 화이트 파인 괘종시계(p.242)

Walnut, Tulip Poplar, and White Pine Tall Clock 1750-1760년

존 우드 시니어, 존 우드 주니어 | 미국

41.160.369

마호가니와 화이트 파인 탁상시계(p.242)

Mahogany and White Pine Shelf Clock 1805-1809년

에런 윌라드, 에런 윌라드 주니어 | 미국

37.37.1

마호가니와 화이트 파인 벽걸이시계(p. 242)

Mahogany and White Pine Wall Clock 1800-1810년

사이먼 윌라드 | 미국

37.37.2

마호가니 도토리형 시계(p. 242)

Mahogany Acorn Clock 1847-1850년

포레스트빌 제조 회사 | 미국

1970.289.6

마호가니 등대형 시계(p. 242)

Mahogany Lighthouse Clock 1800-1848년경

사이먼 윌라드 | 미국

30.120.19a, b

마호가니, 화이트 파인, 튤립 포플러 밴조형 시계(p. 242)

Mahogany, White Pine, and Tulip Poplar Banjo Clock 1825년

에런 윌라드 주니어 | 미국

30.120.15

마호가니, 화이트 파인, 튤립 포플러 리라형 시계(p. 242)

Mahogany, White Pine, and Tulip Poplar Lyre Clock 1822-1828년

존 사윈 | 미국

10.125.391

월넛과 화이트파인 액자 거울(p. 242)

Walnut and White Pine Looking Glass 1740-1790년

미국

25.115.41

강철 설탕 집게(p. 242)
Steel Sugar Nippers 18세기
미국
10.125.593

가죽 소방모(p. 242)
Leather Fireman's Helmet 1800-1850년
미국
10.125.609

가죽 소방 방패(p. 242)
Leather Fireman's Shield 1839-1850년
미국
10.125.608

자브 페럿(p. 242)

Job Perit 1797년

루벤 몰스몹 | 미국

65.254.1

토머스 브루스터 쿨리지 부인(p. 242)

Mrs. Thomas Brewster Coolidge 1827년경

체스터 하딩 | 미국

20.75

앙리 라 투렛 드 그루트(p. 242)

Henry La Tourette de Groot 1825-1830세기

사무엘 로벳 왈도, 윌리엄 주엣 | 미국

36.114

바다로 지는 노을(p. 243)

Sunset on the Sea 1872년

존 프레더릭 켄셋 | 미국

74.3

코네스토가 짐 마차용 기중기(p. 244)

Conestoga Wagon Jack 1784년

미국

53.205

은쟁반(p. 244)

Silver Tray 1879년

티파니사 | 미국

66.52.1

윌리 메이스, 카드 번호 244, 톱스 덕아웃 퀴즈 시리즈 (R414-7)(p.245)

Willie Mays, Card Number 244, from Topps Dugout Quiz Series(R414-7) 1953년

톱스 츄잉검 컴퍼니 | 미국

328. R414-7.244

행크 에런, 바주카 블랭크 백 시리즈(R414-15)(p.245)

Hank Aaron, from the Bazooka "Blank Back" Series(R414–15) 1959년

톱스 츄잉검 컴퍼니 | 미국

63.350.329.414-15.14

호너스 와그너, 화이트 보더 시리즈(T206)(p.245)

Honus Wagner, from the White Border Series(T206) 1909-1911년

아메리칸 토바코 컴퍼니 | 미국

63.350.246.206.378

마이크 킹 켈리, 월드 챔피언스 시리즈 1(N28)(p.245)

Mike "King" Kelly, from World's Champions, Series 1(N28)

1887년

알렌&긴터스 담배회사 | 미국

63.350.201.28.3

잭 맥기치, 골드 코인 시리즈(N284)(p.246)

Jack M'Geachy, from the Gold Coin Series(N284) 1887년

골드 코인 츄잉 토바코 | 미국

63.350.222.284.62

기타(p.247)

Guitar 1937년

헤르만 하우저 | 독일

1986.353.1

카만체(p. 248)

Kamanche 1869년경

이란

89.4.325

고토(p. 248)

Koto 20세기

일본

1986.470.3

시오탄카(구애용 플루트)(p. 248)

Siyotanka(Courting Flute) 1850-1900년경

수우족

89.4.3371

하프시코드(p. 248)

Harpsichord 1670년경

미켈레 토디니(디자이너), 바실리오 오노프리(도금 작업),
제이콥 리프(조각) | 이탈리아

89.4.2929a-e

굴드 바이올린(p. 248)

"The Gould" violin 1693년

안토니오 스트라디바리 | 이탈리아

55.86a-c

카냐흐테 카나와(늑대거북 등딱지 셰이커)(p. 249)

Kanyahte' ka'nowa'(Snapping turtle shell rattle) 19년경

이로쿼이

06.1258

밴조(p. 251)

Banjo 1850-1900년경

미국

89.4.3296

코라(p. 251)

Kora 1960년경

마마두 쿠야테, 지모 쿠야테 | 세네감비아

1975.59

자일스 카펠 경의 격투용 투구(p. 253)

Foot-Combat Helm of Sir Giles Capel 1510년경

영국(추정)

04.3.274

콜트 패터슨 퍼커션 리볼버, 3번, 벨트 모델, 시리얼 번호 156(p. 254)

Colt Patterson Percussion Revolver, No. 3, Belt Model, Serial 156 1838년경

콜트 제조회사 | 미국

59.143.1a-h

콜트 모델 1851 해군 퍼커션 리볼버, 시리얼 번호 2 (p. 254)

Colt Model 1851 Navy Percussion Revolver, Serial No. 2 1850년

콜트 제조회사 | 미국

68.157.2

피스메이커 콜트 싱글 액션 아미 리볼버, 시리얼 번호 4519(p. 255)

"Peacemaker" Colt Single-Action Army Revolver, Serial No. 4519 1874년

콜트 제조회사 | 미국

59.143.4

마담 X(마담 피에르 고트로)(p. 257)

Madame X(Madame Pierre Gautreau) 1883-1884년

존 싱어 사전트 | 미국, 이탈리아 출신

16.53

북동풍(p. 258)

Northeaster 1895년, 1901년(재작업)

윈슬로 호머 | 미국

10.64.5

엄마와 아이(낮잠에서 깨는 아이)(p. 258)

Mother and Child(Baby Getting Up from His Nap) 1899년경

메리 카사트 | 미국

09.27

11장
완벽하지도 않고
완성할 수도 없는 프로젝트

곡물 수확(p. 272)

The Harvester 1565년

피터르 브뤼헐 더 아우더 | 네덜란드

19.164

성 바바라(p. 276)

Saint Barbara 1437년

얀 반 에이크 | 네덜란드

안트베르펜 왕립미술관

무제(p. 276)

Untitled 2009년

케리 제임스 마셜 | 미국

예일대학교 미술관, 뉴 헤이븐

흑인 징집병(제임스 헌터)(p. 277)

Black Draftee(James Hunter) 1965년

앨리스 닐 | 미국

COMMA 재단, 다머, 벨기에

무제(로스엔젤레스의 로스의 초상)(p. 277)

"Untitled"(Portrait of Ross in L.A.) 1991년

펠릭스 곤잘레스 토레스 | 미국, 쿠바 출신

시카고 미술관

더러운 신부 혹은 몹수스와 니사의 결혼식(p. 279)

The Dirty Bride or The Wedding of Mopsus and Nisa

1566년

피터르 브뤼헐 더 아우더 | 네덜란드

32.63

12장

무지개 모양을
여러 번 그리면서

**마사초의 성 베드로와 팔 연구(앞면): 팔목과 이어진 손뼈,
남성의 몸통, 오른팔(뒷면)(p. 287)**
Study after Saint Peter, with Arm Studies(recto); Skeleton of
a Hand with Forearm, Male Torso, and Right Forearm(verso)
1485-1495년경
미켈란젤로 부오나로티 | 이탈리아
국립 그래픽아트 전시관, 뮌헨

**소네트 "조반니 다 피스토이아에게"와 시스티나 성당 천
장 벽화를 그리는 자신의 캐리커처(p. 289)**
Sonnet "To Giovanni da Pistoia" and Caricature on His
Painting of the Sistine Ceiling 1508-1512년경
미켈란젤로 부오나로티 | 이탈리아
카사 부오나로티, 피렌체

리비아인 예언자 연구(앞면)(p. 290)

Studies for the Libyan Sibyl(recto) 1510-1511년

미켈란젤로 부오나로티 | 이탈리아

24.197.2

피렌체 요새화 연구: 프라토 디 오그니산티의 세르페의 탑(앞면)(p. 294)

Studies for the Fortifications of Florence: The Torre del Serpe at the Prato di Ognissanti(recto) 1530년경

미켈란젤로 부오나로티 | 이탈리아

카사 부오나로티, 피렌체

피에타와 예수의 매장 구도 스케치(p. 296)

Sketches for Compositions of the Pieta and the Entombment 1555-1560년

미켈란젤로 부오나로티 | 이탈리아

애쉬몰리언 박물관, 옥스포드

성 베드로 성당 돔 연구(앞면)(p. 296)

Studies for the Dome of Saint Peter's(recto) 1551-1565년경

미켈란젤로 부오나로티 | 이탈리아

팔레 데 보자르, 릴

론다니니 피에타(p. 298)

Pieta Rondanini 1552-1564년

미켈란젤로 부오나로티 | 이탈리아

스포르체스코 성, 밀라노

지붕과 벽돌공 패턴, 세로줄 퀼트(p. 300)

Housetop and Bricklayer with Bars Quilt 1955년경

루시 T. 페트웨이 | 미국

2014.548.52

통나무집 패턴 퀼트(p. 303)
Log Cabin Quilt 1935년경
메리 엘리자베스 케네디 | 미국
2014.548.44

게으른 아가씨 패턴, 세로줄 퀼트(p. 307)
Lazy Gal Bars Quilt 1965년경
로레타 페트웨이 | 미국
2014.548.50

13장

삶은 우리를
내버려두지 않는다

마리우스의 승리(p.314)

The Triumph of Marius 1729년

조반니 바티스타 티에폴로 | 이탈리아

65.183.1

목이 긴 테라코타 암포라(정면: 헤르메스와 여신 사이의 아폴론, 후면: 에티오피아 지주들 사이의 멤논)(p.316)

Terra-cotta Neck-Amphora. Obverse: Apollo between Hermes and Goddess; reverse: Memnon between His Ethiopian Squires

기원전 530년경

그리스

98.8.13

사르디스 아르테미스 신전의 대리석 기둥(p. 317)

Marble Column from the Temple of Artemis at Sardis

기원전 300년경

그리스

26.59.1

남성의 대리석 흉상(p. 317)

Marble Bust of a Man 1세기 중반

로마

12.233

긴 구멍이 나 있는 징(아팅팅 콘)(p. 317)

Slit Gong(Atingting kon) 1960년대 중·후반

틴 므웨룬 앰브림족, 바누아투

1975.93

카누(p.317)

Canoe 1961년

치나사피치 족장 아스마트족 | 인도네시아

1978.412.1134

비스 기둥(p.317)

Bis Pole 1960년경

주웨 아스마트족 | 인도네시아

1978.412.1248

돈 꾸러미(테바우)(p.317)

Money Coil(Tevau) 19세기 후반-20세기 초

솔로몬 제도

2010.326

메두사의 머리를 든 페르세우스(p. 317)

Perseus with the Head of Medusa 1804-1806년

안토니오 카노바 | 이탈리아

67.110.1

호텔 드 바랑주빌의 장식 판자(p. 317)

Boiserie from the Hotel de Varengeville

1736-1752년경, 이후 추가 작업

프랑스

63.228.1

해바라기(p. 318)

Sunflowers 1887년경

빈센트 반 고흐 | 네덜란드

49.41

협죽도(p. 318)
Oleanders 1888년
빈센트 반 고흐 | 네덜란드
62.24

붓꽃(p. 318)
Irises 1890년경
빈센트 반 고흐 | 네덜란드
58.187

감자 깎는 여인(뒷면: 밀짚모자를 쓴 자화상)(p. 318)
The Potato Peeler(reverse of Self-Portrait with a Straw Hat) 1885년
빈센트 반 고흐 | 네덜란드
67.187.70b

아를의 여인: 조셉 – 미셸 지누 부인(p.319)

L'Arlesienne: Madame Joseph-Michel Ginoux 1888-1889년

빈센트 반 고흐 | 네덜란드

51.112.3

첫걸음(밀레 모작)(p.319)

First Steps, after Millet 1890년

빈센트 반 고흐 | 네덜란드

64.165.2

밀짚모자를 쓴 자화상(앞면: 감자 깎는 여인)(p.319)

Self-Portrait with a Straw Hat(obverse of The Potato Peeler)

1887년

빈센트 반 고흐 | 네덜란드

67.187.70a

유대인 신부(이삭과 레베카)(p.320)

The Jewish Bride(Isaac and Rebecca) 1665-1669년경

렘브란트 반 레인 | 네덜란드

암스테르담 국립미술관

멕시코 만류(p.322)

The Gulf Stream 1899년, 1909년(재작업)

윈슬로 호머 | 미국

06.1234

십자가에 못 박힌 예수(p.323)

The Crucifixion 1420-1423년경

프라 안젤리코 | 이탈리아

43.98.5